BRIGHT and EARLY BOOKS
for BEGINNING Beginners

BRIGHT and EARLY BOOKS
for BEGINNING Beginners

EARLY BOOKS
NNING Beginners

BRIGHT and EARLY BOOKS
for BEGINNING Beginners

BRIGHT and EARLY BOOKS
for BEGINNING Beginners

BRIGHT and EARLY BOOKS
for BEGINNING Beginners

BRIGHT and EARLY BOOKS
for BEGINNING Beginners

BRIGHT and EARLY BOOKS
for BEGINNING Beginners

BRIGHT and EARLY BOOKS
for BEGINNING Beginners

BRIGHT and EARLY BOOKS
for BEGINNING Beginners

BRIGHT and EARLY BOOKS
for BEGINNING Beginners

BRIGHT and EARLY BOOKS
for BEGINNING Beginners

BRIGHT and EARLY BOOKS
for BEGINNING Beginners

Visit us on the Web!
randomhousekids.com

Educators and librarians, for a variety of teaching tools, visit us at
RHTeachersLibrarians.com

Library of Congress Cataloging-in-Publication Data
Eastman, P. D. (Philip D.)
The alphabet book / P. D. Eastman.
pages cm. — (A bright and early book ; [BE-41])
"Originally published in paperback by Random House Children's Books, New York, in 1974"—Copyright page.
Summary: Such entries as American ants, birds on bikes, and cow in car present the letters from A to Z.
ISBN 978-0-553-51111-6 (trade) — ISBN 978-0-375-97464-9 (lib. bdg.)
1. English language—Alphabet—Juvenile literature. [1. Alphabet.] I. Title.
PE1155.E27 2015 428.1—dc23 [E] 2014042161

Printed in the United States of America

10 9 8 7 6 5 4 3 2 1

THE ALPHABET BOOK

P. D. Eastman

A Bright and Early Book
From BEGINNER BOOKS®
A Division of Random House

A

A
B
C
D
E
F
G
H
I
J
K
L
M
N
O
P
Q
R
S
T
U
V
W
X
Y
Z

American ants

B

Bird on bike

C

Cow in car

A
B
C
D
E
F
G
H
I
J
K
L
M
N
O
P
Q
R
S
T
U
V
W
X
Y
Z

A
B
C
D
E
F
G
H
I
J
K
L
M
N
O
P
Q
R
S
T
U
V
W
X
Y
Z

D

Dog with drum

E

Elephant on eggs

A
B
C
D
E
F
G
H
I
J
K
L
M
N
O
P
Q
R
S
T
U
V
W
X
Y
Z

F

Fox with fish

G

Goose with guitar

A B C D E F G H I J K L M N O P Q R S T U V W X Y Z

A B C D E F G H I J K L M N O P Q R S T U V W X Y Z

H

Horse on house

I

Infant with ice cream

A
B
C
D
E
F
G
H
I
J
K
L
M
N
O
P
Q
R
S
T
U
V
W
X
Y
Z

J

Juggler with jack-o'-lanterns

K

Kangaroos with keys

L

Lion with lamb

M

Mouse with mask

A
B
C
D
E
F
G
H
I
J
K
L
M
N
O
P
Q
R
S
T
U
V
W
X
Y
Z

N

Nine in their nests

O

Octopus with oars

P

Penguins in parachutes

Q

A
B
C
D
E
F
G
H
I
J
K
L
M
N
O
P
Q
R
S
T
U
V
W
X
Y
Z

Queen with quarter

A
B
C
D
E
F
G
H
I
J
K
L
M
N
O
P
Q
R
S
T
U
V
W
X
Y
Z

R

Rabbit on roller skates

S

Skunk on scooter

A
B
C
D
E
F
G
H
I
J
K
L
M
N
O
P
Q
R
S
T
U
V
W
X
Y
Z

T

Turtle at typewriter

U

Umpire under umbrella

A B C D E F G H I J K L M N O P Q R S T U V W X Y Z

A B C D E F G H I J K L M N O P Q R S T U V W X Y Z

Vulture with violin

W

Walrus with wig

A
B
C
D
E
F
G
H
I
J
K
L
M
N
O
P
Q
R
S
T
U
V
W
X
Y
Z

A
B
C
D
E
F
G
H
I
J
K
L
M
N
O
P
Q
R
S
T
U
V
W
X
Y
Z

X

Xylophone for Xmas

A
B
C
D
E
F
G
H
I
J
K
L
M
N
O
P
Q
R
S
T
U
V
W
X
Y
Z

A
B
C
D
E
F
G
H
I
J
K
L
M
N
O
P
Q
R
S
T
U
V
W
X
Y
Z

Y

Yak with yo-yo

Z

Zebra with zither

A B C D E F G H I J K L M N O P Q R S T U V W X Y Z

BRIGHT and EARLY BOOKS for BEGINNING Beginners